アルバートさんと
赤ちゃんアザラシ

ジュディス・カー 作・絵　　三原泉 訳

もくじ

かつて、バルコニーで

アザラシをかっていた父に

捧《ささ》げる

1　ウィリアムからの手紙《てがみ》

アルバートさんは、アパートのバルコニーにすわって、朝《あさ》の空をながめていました。朝《あさ》やけで、ピンクとオレンジにそまった、きれいな空を見ても、ちっとも気もちがはれません。

まだ七時《しちじ》か。これから夜《よる》まで、なにをしてすごしたらいいんだ……？

朝《あさ》の七時《しちじ》といえば、すこし前《まえ》だったら、自分《じぶん》の店《みせ》で、いそがしく仕事《しごと》をしていた時間《じかん》です。まず、アルバイトの男の子を

新聞《しんぶん》はいたつに送《おく》りだし、店《みせ》にも新聞《しんぶん》をならべます。朝《あさ》はやく駅《えき》へむかう人たちが、店《みせ》に立ちよって、新聞《しんぶん》や、パイプ用《よう》のきざみタバコ、紙《かみ》まきタバコなどを買《か》っていくのです。

朝《あさ》のいそがしさがおちつくと、つぎは、おかしのじゅんびです。学校帰《がえ》りの子どもたちがやってくるまでに、十二このガラスびんを、色《いろ》とりどりのおかしでいっぱいにします。近所《きんじょ》の女の人たちが、紙《かみ》ぶくろやえんぴつ、ノートなどを買《か》いにくれば、ちょっとおしゃべりをしたものでした。

店《みせ》を売《う》るんじゃなかった……。アルバートさんは、ためいきをつきました。

「あなたの店《みせ》は、べんりな場所《ばしょ》にあるから、ぜひ売《う》ってほしい」という人がやってきて、さいきんアルバートさんは、自分《じぶん》の店《みせ》を手ばなしてしまいました。高《たか》く売《う》れたのはよかったのですが、かわりにやりたいことも思《おも》いつかず、なんだか、毎日《まいにち》がつまらないのです。

バルコニーの下に見える道路《どうろ》が、だんだん、にぎやかになってきました。馬車《ばしゃ》を引《ひ》いた牛乳屋《ぎゅうにゅうや》さんが、一けん一けん、はいたつをしています。

ゆうびん屋《や》さんが、バルコニーにいるアルバートさんに気がついて手をふり、手紙《てがみ》がきていますよ、と合図《あいず》しました。

手紙《てがみ》をとりに、かいだんをおりていくと、アパートの入り口で、管理人《かんりにん》の男の人が、女の人にむかって、どなっていました。

「ペットは、きんし！　マンションのきまりは、知《し》ってますな？」

この管理人《かんりにん》は、しょっちゅう、どなるのです。小《こ》がらな女の人は、小鳥《ことり》の入った鳥《とり》かごをさげていました。女の人は、たのみました。

「そこをなんとか。ねえさんのカナリアを、ほんの何日《なんにち》か、あずかるだけなんです」

「ふん、だったら、二、三日だけですぞ」

管理人《かんりにん》は、えらそうに

いうと、入り口の横《よこ》にある管理人室《かんりにんしつ》に、もどっていきました。いつも、この部屋《へや》のまどから、目を光《ひか》らせて、きまりをやぶる人がいないか、見はっているのです。

アルバートさんと目があうと、女の人は、やれやれ、という顔《かお》をしてみせました。

アルバートさんは、ゆうびんうけから、手紙《てがみ》をとりだしました。手紙《てがみ》は、いとこのウィリアムからでした。

「この夏《なつ》は、天気がよくて、たのしくなりそうだぞ」と書《か》いてあります。ウィリアムは、海《うみ》べの村に住《す》んでいて、お客《きゃく》さんを船《ふね》にのせて、つりにつれていく仕事《しごと》をしています。今年《ことし》は旅行客《りょこうきゃく》が多《おお》く、仕事《しごと》が、はんじょうしているようです。そして、「アルバート、あそびにこないか」と書《か》かれていました。

ふうとうには、絵《え》はがきも入っていました。港《みなと》の写真《しゃしん》に、「このすてきなけしきを、あなたに」というメッセージが印刷《いんさつ》された、絵《え》はがきです。

ウィリアムはしょっちゅう、あそびにおいで、とさそってくれますが、アルバートさんは今《いま》まで、一度《いちど》も、たずねたことがありませんでした。店《みせ》を休んでまで、出かける気にはなれなかったのです。でも、今日《きょう》は手紙《てがみ》を読《よ》んで、ふと思《おも》いました。

行《い》ってみようかな。なにもすることがないまま、ぼんやりすごすより、いいかもしれないぞ。

アルバートさんは、いそぎ足でかいだんをあがり、自分《じぶん》の部屋《へや》へもどりました。

たいくつな一日が、こうして、きゅうにいそがしくなりました。まず、ウィリアムに、「おさそいありがとう、あそびにいくよ」と、手紙《てがみ》を書《か》きました。それから、ゆうびんきょくで切手《きって》を買《か》って、手紙《てがみ》を出しました。

つぎに、しまいこんであった旅行《りょこう》かばんを引《ひ》っぱりだして、もっていくものを、そろえはじめました。

二日後《ふつかご》、アルバートさんは、汽車《きしゃ》にのっていました。うきうきする気分《きぶん》と、ちょっぴり、おちつかない気分《きぶん》が、まざっていました。

2　赤ちゃんアザラシ

海《うみ》べの駅《えき》につくと、ウィリアムが、むかえにきていました。ウィリアムのむすこで、十歳《じっさい》のトミーも、いっしょです。

トミーは、「アルバートおじさん、かばんは、ぼくがはこぶから」と、むねをはっていいました。

ウィリアムの家《いえ》につくと、男の赤ちゃんをだいたおくさんが、出むかえました。

ふたりの女の子も、戸口《とぐち》にかけてきて、「アルバートおじさん、いらっしゃい!」と、はしゃいでいいました。

台所《だいどころ》のテーブルにはもう、おくさんの心《こころ》づくしのごちそうが、ならんでいます。

アルバートさんは、子どもたちに、おみやげをわたしました。女の子たちには、色《いろ》えんぴつやおかし、トミーには、マンガをどっさりです。子どもたちはきそって、アルバートさんに話《はな》しかけ、しつもんぜめにしました。そのにぎやかなことといったら、学校帰《がえ》りの子どもたちが、店《みせ》にきていたころのようでした。こんなふうに子どもたちと話《はな》すのが、前《まえ》はと

てもたのしかったものです。

夕食《ゆうしょく》がおわりにちかづいたころ、ウィリアムがいいました。

「明日《あした》の朝《あさ》は、あいにく、仕事《しごと》があるんだ。トミー、おれがいないあいだ、アルバートおじさんに、赤んぼうを見せてあげたらどうだ？」

「赤んぼうだって？」

アルバートさんは、聞《き》きかえしました。

「入《い》り江《え》にいる、アザラシの赤んぼうさ。まだ乳《ちち》ばなれしていないんだが、母親《ははおや》アザラシがエサをとりにいくと、赤んぼうは、ひとりぼっちになっちまう。あぶない目にあわないように、トミーが見守《みまも》っているんだよ」

アルバートさんは、ぜひ見たい、といいました。

つぎの日、アルバートさんは、ウィリアムのゴム長《なが》ぐつをはき、防水《ぼうすい》ジャケットを着《き》て、トミーといっしょに、港《みなと》でボートにのりこみました。

トミーとかわりばんこに、ボートをこいでいくと、じきに、灰色《はいいろ》の岩《いわ》が見えました。

入《い》り江《え》のまんなかにつき出した、その岩《いわ》の上には、白い生きものが、ねそべっていました。赤ちゃんアザラシが、ひなたぼっこをしているのです。

ボートをこぐ、オールの音を聞《き》いて、赤ちゃんアザラシは顔《かお》をあげ、つぶらな目で、こちらを見ました。

「ぼくのこと、知《し》ってるんだよ」

トミーが、ささやきました。

「何度《なんど》も、見守《みまも》りにきてるからね。漁師《りょうし》のなかには、アザラシを銃《じゅう》でうつ人もいるんだ。魚《さかな》をよこどりするから。でも、父《とう》さんは、うったりしないよ。生きものどうし、えものは分《わ》けあわなくちゃ、っていってる」

トミーは赤ちゃんアザラシを、かわいいなあ、というように見つめました。

「おじさんも、かわいいと思《おも》うでしょ?」

アルバートさんは、赤ちゃんアザラシに目をやりました。ふわふわの白い毛皮《けがわ》が、おひさまにあたためられて、気もちよさそうにしています。こんなにかわいらしい生きものを見たのははじめてだ、とアルバートさんは思《おも》いました。

すこしして、トミーが、「あれを見て」というように、目で合図《あいず》をよこしました。

岩《いわ》から一メートルほどのところで、なにかが動《うご》いています。すべすべした灰色《はいいろ》の頭《あたま》が、岩《いわ》にちかづいていきます。おとなのアザラシです。

赤ちゃんは体《からだ》をおこして、小さななき声《ごえ》をあげました。

おとなのアザラシは、岩《いわ》の上にあがり、赤ちゃんにくっついて、よこになりました。赤ちゃんは、うれしそうに、お乳《ちち》をのみはじめました。

「お母《かあ》さんだよ。ちゃんと見たのは、ぼくもまだ、二回《にかい》めだけど」

と、トミーがいいました。

　ふたりは、アザラシの親子《おやこ》をしばらくながめてから、相手《あいて》をおどかさないように、そうっとボートをこいで、港《みなと》にもどりました。

それから何日《なんにち》か、アルバートさんは、ウィリアムの一家《いっか》といろいろなことをして、たのしくすごしました。

子どもたちが、浜《はま》べで、砂《すな》のおしろを作《つく》るのを手つだったり、アイスクリームを買《か》ってあげたり。たこを作《つく》ってやると、子どもたちは、高《たか》くあげようと、波《なみ》うちぎわを走《はし》りまわりました。

ボートで遠《とお》出《で》したり、ピクニッ

クをしたり、海《うみ》でおよいだりもしました（アルバートさんは水着《みずぎ》には着《き》かえずに、ズボンのすそをまくりあげて、パシャパシャと海《うみ》に入っただけでしたが）。ウィリアムといっしょに、夜《よ》づりにも出かけました。

けれども、そんなふうに、みんなとすごすあいまに、アルバートさんは、しょっちゅう、アザラシの赤ちゃんを見にいきました。トミーといっしょのときもあれば、ひとりで行《い》くときもありました。そして、赤ちゃんアザラシを見るたびに、かわいいなあ、こんなに小さくても、りっぱに生きているんだなあ、と思《おも》って、むねをうたれるのでした。

ところが、ある朝《あさ》、アルバートさんが、ひとりで岩《いわ》のところに行《い》ってみると、赤ちゃんアザラシはぐったりとして、元気《げんき》がありませんでした。オールの音を聞《き》くと、ちょっと顔《かお》をあげましたが、すぐにまた力なく、ねそべってしまいます。すこし、やせたようにも見えました。

アルバートさんはしんぱいになり、声《こえ》をかけました。

「おーい、ぐあいでもわるいのかい？　お母《かあ》さんに、お乳《ちち》をもらっているんだろう？」

そして家《いえ》にもどると、アルバートさんは、ウィリアムに、赤ちゃんアザラシが元気《げんき》がないんだ、とつたえました。

ウィリアムは、ぎょっとした顔《かお》になりました。

「母親《ははおや》を、さいごに見たのは、いつだった？」

「見かけたことは、あんまりないんだ。でも、赤んぼうは、いつも元気《げんき》だった。お乳《ちち》はもらっていたと思《おも》うがね」

「そういえば、おとといの夜《よる》、漁師《りょうし》たちがアザラシを何頭《なんとう》か、銃《じゅう》でうったんだ。母親《ははおや》アザラシも、そのとき、うたれてしまったのかもしれん」

「えっ？　そうしたら、あの赤んぼうはどうなるんだ？」

アルバートさんはうろたえて、たずねました。

ウィリアムは、かなしそうに、首《くび》をよこにふりました。

「母親《ははおや》がいなくなれば、だんだん弱《よわ》って、うえ死《じ》にするしかない。苦《くる》しまなくてすむよう、赤んぼうも銃《じゅう》でうって、死《し》なせてやるほうがいいこともあるんだ」

そういってから、ウィリアムはつけくわえました。

「だが、もうすこし、ようすを見てみよう。もしかしたら、母親《ははおや》がまた、すがたを見せるかもしれないからな」

つぎの日は、三人で、ようすを見にいくことにしました。

トミーは、赤ちゃんアザラシもお母《かあ》さんも、きっと元気《げんき》だよ、と、きめつけていましたが、アルバートさんは、元気《げんき》だといいけれど、どうだろう？　と思《おも》っていました。

ウィリアムはといえば、気がすすまないながらも、ボートのそこに、こっそり、銃《じゅう》をかくしていました。

岩《いわ》のそばまで行《い》くと、ねそべっている赤ちゃんアザラシが見えました。やっぱり、お乳《ちち》をもらっていないらしく、ますますやせたようです。

でも、きのうとちがって、ボートを見ると、体《からだ》をおこし、かん高《だか》くほえて、ひれで岩《いわ》をたたきました。なんだか、おこっているみたいです。

のぼったばかりの太陽《たいよう》にてらされて、海《うみ》は、きらきらと光《ひか》っています。

アルバートさんは、かがやく海《うみ》のまっただなかでほえている、小さな白い生きものを見つめました。

お乳《ちち》がほしい！　生きたい！

赤ちゃんアザラシは、よわよわしくねだるのではなく、全身《ぜんしん》でうったえているのです。

そのとき、ウィリアムの手が

動《うご》くのが、ちらりと見えました。銃《じゅう》のほうに、手をのばしています。

「だめだ、ウィリアム、やめてくれ。わたしが、つれて帰《かえ》る」

アルバートさんは思《おも》わず、口ばしりました。ウィリアムもトミーも、びっくりした顔《かお》になりました。

アルバートさん自身《じしん》も、とっぴょうしもない言葉《ことば》が、自分《じぶん》の口からとびだしたことに、おど

ろいていました。

でも、「わたしが、つれて帰《かえ》る」と、むねのなかでくりかえしてみると、もともとそのつもりだったんだ、という気がしてきました。

ウィリアムは、アルバートさんを見つめていいました。

「むりだよ。だって、つれて帰《かえ》って、どうするんだ？」

アルバートさんも心《こころ》のなかで、おなじことを思《おも》っていましたが、さいわい、すぐに答《こた》えを思《おも》いつきました。

「動物園《どうぶつえん》につれていく。うちの町には、小さな動物園《どうぶつえん》があるんだ。よろこんで、引《ひ》きとってくれると思《おも》う」

この答《こた》えを聞《き》いて、ウィリアムは、まゆをひそめました。

「けど、いったい、どうやってはこぶんだ？」

アルバートさんは、赤ちゃんアザラシを、ちらりと見ました。ねそべってはいますが、まっすぐに、こちらを見つめています。

わたしを、たよりにしているみたいだ……。そう思《おも》ったアルバートさんは、小声《こごえ》で、口に出してみました。

「汽車《きしゃ》で、かな」

それから、にっこりしていいました。

「荷物用《にもつよう》の車両《しゃりょう》に、のせてもらえるだろう」

赤ちゃんアザラシをつかまえるのは、思《おも》ったほど、たいへんではありませんでした。ウィリアムが上着《うわぎ》でくるみ、岩《いわ》からかかえあげ、ボートのなかに、そうっとおろしても、アザラシは、ほとんどあばれなかったのです。まるで、助《たす》けてもらえると、わかっているみたいでした。

ボートが動《うご》きはじめると、アザラシはおどろいたように、ちょっとなき声《ごえ》をあげました。でも、そのあとは、ボートのそこにねそべって、おとなしく、アルバートさんたちをながめていました。

赤ちゃんアザラシを家《いえ》につれて帰《かえ》ると、ウィリアムの家《か》族《ぞく》はびっくりして、大さわぎになりました。

まずは、水そうのかわりになるものがいります。ウィリアムは、古《ふる》いブリキのたらいを、物置《ものおき》から引《ひ》っぱりだしてきて、水をはり、アザラシを入れてやりました。

女の子たちは、たらいのまわりを、ぐるぐるおどりまわって、はしゃぎました。

「アザラシちゃんが、うちにきた！　アザラシちゃんが、うちにきた！」

小さなぼうやも、お母《かあ》さんにだかれて、たらいのそばに、つれてこられました。ぼうやは、赤ちゃんアザラシを見おろして、むすっとした顔《かお》をしました。

でも、なにを食《た》べさせたらいいのでしょう？　ウィリアムはちょっと考《かん》えて、しぼう分《ぶん》の多《おお》いミルクをあたため、タラの肝油《かんゆ》をまぜてみました。びんにのこっていた肝油《かんゆ》が、なくなったのを見て、女の子たちはよろこびました。体《からだ》にいいからと、毎朝《まいあさ》、肝油《かんゆ》をスプーンひとさじずつ、のまされるのが、いやだったからです。

「うまくいくかどうか、わからんぞ」

そういうと、ウィリアムは、そのとくせいミルクをおわんに入れて、アザラシの前《まえ》におきました。アザラシは顔《かお》をあげましたが、ちらりと、おわんをながめただけでした。

こんどは、おわんを、アザラシの口にちかづけてみます。すると、アザラシが大きなくしゃみをしたので、ミルクがとびちりました。

「お母《かあ》さんアザラシのおっぱいは、ちゅうちゅう、すっていたよね」

トミーがつぶやいたのを聞《き》いて、アルバートさんは、ひらめきました。

「そうか、もしかして……」

アルバートさんは、えんりょがちに、ゆびさしながらいいました。

「どうだろう、その……」

みんながいっせいに、アルバートさんがゆびさしたほうを見ました。そこには、ぼうやの空《から》っぽの、ほにゅうびんがあります。

「ちょっと、ためしてもいいかな？　すこし、かしておくれ」

アルバートさんは、ぼうやに声《こえ》をかけ、ほにゅうびんを手にとりました。

ぼうやは、おこって、なきさけびましたが、アルバートさんは耳をかさず、ウィリアムのとくせいミルクを手ばやく、ほにゅうびんに注《そそ》ぎました。

でも、ほにゅうびんをちかづけると、アザラシは、ぼうやの大きななき声《ごえ》にびっくりしたのか、たらいのすみに、にげてしまいました。

「やっぱり、むりなんじゃないか？」と、ウィリアムがいいました。
ぼうやのさけび声《ごえ》が、ますます大きくなりました。女の子たちは耳をふさぎ、おくさんはぼうやをだきしめ、なんてことをするの？　というように、アルバートさんを見ました。
「いやはや、もうしわけない」
アルバートさんはあやまりましたが、おくさんを見て、ふと、いいことを思《おも》いつきました。

アルバートさんは、赤ちゃんアザラシをだきあげると、いすにすわり、しっかりと、むねにだきかかえました。おくさんが、ぼうやをだっこしているのを、まねしたのです。

アザラシがもがくので、服《ふく》がぬれましたが、アルバートさんは手をゆるめません。とうとうアザラシは、はなしてよ、というように、なき声《ごえ》をあげました。すかさず、アルバートさんは、ひらいた口に、ほにゅうびんをつっこみました。

しばらく、なにもおこりませんでした。アザラシはそのまま、ほにゅうびんの乳首《ちくび》をくわえて、じっとしています。

と、きゅうに、乳首《ちくび》をすいました。いったんすいはじめると、むちゅうで、ぐんぐんすいつづけ、すぐに、ほにゅうびんは空《から》っぽになりました。

アルバートさんはにっこりして、ほにゅうびんに、ミルクのおかわりを入れました。

「名前《なまえ》は、チャーリーにしよう。うん、この赤ちゃんアザラシは、チャーリーだ」

「そうかい。それじゃあ、チャーリーくんを、できるだけはやく、動物園《どうぶつえん》につれていくことだな。おれの作《つく》ったミルクを、気に入ってくれたのはうれしいが、じきに、もっとちゃんとしたエサを、食《た》べさせないといけなくなるからな」

そういってから、ウィリアムはたずねました。

「ところで、汽車《きしゃ》には、どうやって、のせるつもりだい？」

二はいめのミルクも、あっというまにのみおえたアザラシは、今《いま》や、三ばいめをのんでいます。

ぼうやのなき声《ごえ》も、やみました。べつのほにゅうびんをもらって、きげんがなおったのです。

アルバートさんは、ウィリアムにほほえんで、いいました。

「このたらいを、もらってもいいかな？　チャーリーをはこぶのに、ぴったりだ。ついでに、駅《えき》まではこぶのも手つだってもらえると、たすかるよ」

3　チャーリー、汽車《きしゃ》にのる

けれども、出発《しゅっぱつ》までには、もうしばらく時間《じかん》がかかりました。子どもたちが、アルバートさんともう一回《いっかい》、浜《はま》べでごはんを食《た》べたい、といったからです。

そこで、みんなで浜《はま》べに行《い》き、さいごにまた、アイスクリームを買《か》ってあげて、荷《に》づくりをして、チャーリーがとちゅうでおなかをすかさないよう、とくせいミルクを大きなびんにつめて……。

アルバートさんが、ウィリアムの一家《いっか》と、駅《えき》へむかったときには、夕方《ゆうがた》ちかくになっていました。

チャーリーをのせた台車《だいしゃ》は、トミーが引《ひ》っぱってくれました。

　赤ちゃんアザラシは、ブリキのたらいが自分《じぶん》の家《いえ》だとわかっているようで、おとなしくしています。

　その家《いえ》が動《うご》きはじめても、さわいだりせず、なんだかおもしろがっているようにも見えました。アルバートさんがそばにいれば、安心《あんしん》

なのか、ずっと、すがたを目でおっています。

そんなチャーリーを見て、トミーがいいました。

「アルバートおじさんのことを、お母《かあ》さんだと思《おも》ってるみたいだね」

一行《いっこう》が駅《えき》についたのは、汽車《きしゃ》がまもなく発車《はっしゃ》する、というときでした。

アルバートさんはウィリ

アムの手をかりて、いそいでチャーリーのたらいを貨物車《かもつしゃ》にのせました。それから、ウィリアムとさよならのあくしゅをし、子どもたちをだきしめ、自分《じぶん》も、貨《か》物車《もつしゃ》にのりこみました。

汽笛《きてき》がなり、汽車《きしゃ》が動《うご》きはじめると、ウィリアムたちがホームで手をふり、アルバートさんもふりかえしました。

じきに、みんなのすがたは、見えなくなりました。アルバートさんは、うす暗《ぐら》い貨物車《かもつしゃ》のなか、赤ちゃんアザラシとふたりきりです。

アルバートさんは、本当《ほんとう》は、すわりごこちのよい客車《きゃくしゃ》にのって、帰《かえ》るつもりでした。貨物車《かもつしゃ》へはときどき、チャーリーのようすを見にくればいいと思《おも》っていたのです。

ところが、客車《きゃくしゃ》のほうへ行《い》こうとするたびに、チャーリーは、かなしそうにないて、さわぎます。

アルバートさんは、とうとうあきらめて、チャーリーのそばに、こしをおろし、そのまま貨物車《かもつしゃ》にのっていくことにしました。

汽車《きしゃ》がガタゴト走《はし》るうちに、だんだん日がくれてきました。

チャーリーはずっと、アルバートさんを見つめています。

アルバートさんは、思《おも》いがけないことになったもんだ、と思《おも》いました。こんなことになるとはなあ……。これから、どうしたらいいんだろう？

はじめはただ、家《いえ》のちかくの駅《えき》についたらすぐに、チャーリーを動物園《どうぶつえん》につれていけばいい、と思《おも》っていました。動物園《どうぶつえん》では、チャーリーを大かんげいしてくれるでしょうから、あとはひとりで、家《いえ》に帰《かえ》るつもりだったのです。

でも、出発《しゅっぱつ》がおそくなったので、駅《えき》につくころには、動物園《どうぶつえん》はしまっているでしょう。となると、いったんチャーリーを、アパートにつれて帰《かえ》るしかなさそうです。

アパートの入り口に立ちふさがる、管理人《かんりにん》のすがたが、目に見えるようです。かごに入った小鳥《ことり》にさえ、もんくをつけていた管理人《かんりにん》のことです。もっと大きな、かごにも入っていないアザラシを見たら、なんというでしょう？

ようやく駅《えき》についたときには、すっかり夜《よる》になっていました。人気《ひとけ》はなく、いつもなら、駅《えき》の外《そと》でお客《きゃく》をまっているタクシーも、見あたりません。

アルバートさんは、とほうにくれました。そのとき、駅《えき》のすみに、荷物《にもつ》をはこぶ台車《だいしゃ》が何台《なんだい》かあるのが、目にとまりました。

アルバートさんは、チャーリーに、声《こえ》をかけました。

「よし、だいじょうぶだよ。歩《ある》いて帰《かえ》ろうね」

そして、たらいを台車《だいしゃ》にのせました。チャーリーは、おどろいたようなき声《ごえ》をたてましたが、すぐにおとなしくなりました。

台車《だいしゃ》をゴロゴロおしながら、アルバートさんは、がらんとした道《みち》をすすんでいきました。

がいとうの下を通《とお》るたびに、チャーリーはふしぎそうに、あかりを見あげています。

管理人《かんりにん》に、なんといって、せつめいしよう……？　アルバートさんは、いっしょうけんめい考《かんが》えました。

「その、なんですな、このアザラシは、ひとばんだけ、うちにおいてやるんですよ」

ためしに、明《あか》るい声《こえ》でいってみましたが、管理人《かんりにん》がわらって、「おや、そうですか、どうぞどうぞ」といってくれるとは、あまり思《おも》えませんでした。

アパートの前《まえ》につくと、アルバートさんはまず、ひとりでようすを見に、なかに入ってみました。入り口には、管理人《かんりにん》がいるにちがいないと思《おも》っていましたが、だれもいません。管理人室《かんりにんしつ》のなかをのぞいてみましたが、がらんとしています。

あの人だって、夜《よる》はねるはずだものな、とアルバートさんは思《おも》いました。でも、ゆだんはできません。かばんからシャツを一まい、すばやくとりだすと、チャーリーをくるんでかかえあげ、よろよろしながらも、なるべくいそいで、アパートの入り口を通《とお》りすぎました。

かいだんをのぼるのは、もっとたいへんでした。一だん一だん、くろうしてのぼるたびに、チャーリーがおどろいたように、小さななき声《ごえ》をたてるのです。とちゅうで、どこかの部屋《へや》のドアがひらく音が、聞《き》こえたような気がしましたが、さいわい、だれもあらわれませんでした。

ようやく自分《じぶん》の部屋《へや》にたどりつき、かぎをあけ、ころがるようになかに入ると、まっすぐ、ふろばに行《い》きました。そして、チャーリーをふろおけのなかに、そうっとおろしました。

アルバートさんは、ほっと、むねをなでおろしました。なんとか、うまくいったぞ。

赤ちゃんアザラシの命《いのち》をたすけて、ぶじに、つれて帰《かえ》ることができたのです。明日《あした》、動物園《どうぶつえん》につれていけば、それでいいのです。

もう一度《いちど》、下までおりて、台車《だいしゃ》とたらいを、アパートのうらにかくしました。そして、かばんをもってあがると、チャーリーに、とくせいミルクをのませてやりました。

アパートのふろおけは、さっきまで入っていたブリキのたらいより、ずっと広《ひろ》いので、チャーリーは、いごこちがよさそうでした。けれども、アルバートさんがふろばから出ていこうとするたびに、チャーリーはやっぱり、ふあんそうになくのです。

ふと思《おも》いついて、アルバートさんは、じゃぐちをひねり、ふろおけのなかに、水をちょろちょろと、ながしっぱなしにしてみました。チャーリーは、水がおちて、ふろおけの排水口《はいすいこう》へすいこまれていくようすを、むちゅうでながめています。そのすきに、アルバートさんはそっと、ふろばから出ました。

くたびれはてていたアルバートさんは、なんとかパジャマに着《き》かえると、ベッドにたおれこんで、あっというまに、ねむりにおちました。そして、こんなゆめを見ました。

ゆめのなかで、アルバートさんは、ウィリアムのぼうやと、ボートにのっていました。海《うみ》はあれて

いて、波《なみ》がうちよせては、岩《いわ》にくだけています。

アルバートさんは、ぼうやが波《なみ》にさらわれないように、ほにゅうびんをひっしでつかんでいるのですが、うちよせる波《なみ》は、どんどん大きくなっていきます。波《なみ》の音も、しだいにうるさくなってきて……。

そこで、はっと目がさめました。

アルバートさんはいっしゅん、自分《じぶん》がどこにいるのか、わかりませんでした。それから、チャーリーのことを思《おも》いだしました。時計《とけい》を見ると、朝《あさ》の四時半《よじはん》です。でも、ドンドンと、波《なみ》がうちよせるような音は、本当《ほんとう》に聞《き》こえます。だれかが、ドアをノックしているのです。

こんな時間《じかん》にドアをたたくなんて、いったい、だれでしょう? 管理人《かんりにん》の顔《かお》が、頭《あたま》にうかんできて、アルバートさんは、どきっとしました。まさか、アザラシのことをかぎつけて、もんくをいいにきたのか……?

ところが、ベッドから出て、しぶしぶ、げんかんのドアをあけてみると、そこにいたのは管理人《かんりにん》ではなく、ねまきの上にガウンをはおった女の人でした。前《まえ》に、鳥《とり》かごをもっていた、あの女の人です。

「うちの天じょうから、水がおちてくるんです！」

女の人は、大声《おおごえ》でいいました。

「はあ？」

おどろいているアルバートさんのよこを通《とお》って、女の人は、家《いえ》のなかに入ってきました。

「ほら、水の音がする！」

女の人が、ふろばのドアをあけると、床《ゆか》が水びたしになっていました。ふろおけから水があふれて、ふろばの床《ゆか》にながれおちているのです。

「ほらね、やっぱり！」

女の人はさけんでから、「あら？」といいました。ふろおけの外《そと》に、アザラシのチャーリーが、こまったような顔《かお》をして、すわっていたからです。

アルバートさんは、じゃぐちにかけよって水を止《と》め、ふろおけに、手をつっこみました。

排水口《はいすいこう》のせんが、いつのまにか、はまってしまっています。

　せんをぬくと、たまっていた水が、ぐんぐん、へりはじめました。

「このせんが、なにかのはずみで……」と、いいわけをしようとしたアルバートさんをさえぎって、女の人はたずねました。

「どうして、アザラシがいるんです?」

「動物園《どうぶつえん》に、つれていくつもりでして」

女の人がぽかんとしているので、アルバートさんはつけくわえました。

「ほうっておいたら、銃《じゅう》でうたれて、死《し》んでしまうところだったんです」

「まあ……」

女の人は、やさしい顔《かお》になりました。赤ちゃんアザラシを見ているうちに、おこっていたのを、わすれてしまったようです。

アルバートさんは、タオルをとってきて、いそいで床《ゆか》の水をふきはじめました。

「すみません。ここをふいたらすぐに、おたくの天じょうのぐあいを、見にいきますので」

ふろおけの水はもう、ぜんぶぬけて、空《から》になっていました。

アルバートさんは、チャーリーをそうっとかかえあげ、なかにもどしました。

「なついているんですねえ」

女の人は、かんしんしたように、いいました。

「わたしを、母親《ははおや》だと思《おも》っているんです。いや、親《しん》せきの子どもが、そういっただけなんですが」

アルバートさんは、これまでのことを、せつめいしました。

「エサをあげているんなら、お母《かあ》さんみたいなものよね」

そういってから、女の人は、くすくすわらいだしました。

「管理人《かんりにん》は、ここにアザラシがいるって、知《し》っているんですか？」

「知《し》らないでしょうな」

「だいじょうぶですよ、いいつけたりしませんから」

女の人は、また、くすっとわらいました。

「じゃあ、下でまっています」

アルバートさんは、そそくさと、床《ゆか》をふきおえました。タオルをふろおけのなかに入れて、チャーリーに、「これで、あそんでいるんだぞ」といいました。それから、服《ふく》を着《き》かえると、下の階《かい》へおりていきました。

女の人の部屋《へや》は、アルバートさんの部屋《へや》の真下《ました》です。なかに入ると、まどのカーテンがあけてあって、外《そと》が、明《あか》るくなりかけていることがわかりました。女の人のほうも、ねまきとガウンではなく、ブラウスとスカートに着《き》かえていました。

女の人は、アルバートさんを台所《だいどころ》にあんないしながら、いいました。

「思《おも》ったよりは、ひどいことにならずにすみました。あれからすぐに、水がおちてこなくなりましたから」

女の人は、床《ゆか》においてあるバケツを、ゆびさしました。

水が半分《はんぶん》ほどたまっていますが、たしかにもう、天じょうからは、水はおちてきません。でもアルバートさんが、よく調《しら》べてみると、天じょうには、小さなしみができていました。

「あそこには、あとで、ペンキをぬりにきます。ごめいわくをおかけして、すみませんでした」

アルバートさんは、頭《あたま》を下げました。

「いえ、おかげで、おもし

ろいものを見せてもらいました。おふろばにいる、ゴマフアザラシの赤ちゃんなんて、めったに見られませんもの」

女の人は、やかんを火にかけ、台所《だいどころ》をせかせかと動《うご》きまわりながら、いいました。

「これから朝《あさ》ごはんにしますけど、よかったら、いっしょにいかがですか?」

アルバートさんはきゅうに、おなかがすいていることに気がつきました。そこで、ありがたく、いただくことにしました。

ベーコンエッグをごちそうになりながら、アルバートさんはたずねました。

「よく、あれがゴマフアザラシだとわかりましたね。アザラシの種類《しゅるい》がわかるなんて、ずいぶん、おくわしいようですが、どうしてですか?」

「父《ちち》が、獣医《じゅうい》だったんです。といっても、みていたのは、イヌやネコばかりでしたけど。ほかの動《どう》物《ぶつ》の本も、いろいろあったので、わたしはよく、ながめていたんです。

ところで、動物園《どうぶつえん》の人たちは、いつ、あのおちびさんを引《ひ》きとりにくるんですの?」

女の人は聞《き》きました。

「動物園《どうぶつえん》の人たち？　ああ、引《ひ》きとりにくるわけじゃないんです。わたしが、つれていくんです。あんなにかわいいんですから、きっと、大よろこびで引《ひ》きとってくれるでしょう」

「引《ひ》きとってくれるでしょう、ですって？　まさか、動物園《どうぶつえん》には、まだ知《し》らせていらっしゃらないの？」

女の人の声《こえ》が、大きくなりました。

「それじゃ、アザラシをかう、じゅんびだって、できないじゃありませんか。先に、ちゃんと、つたえておかなくちゃだめですよ」

アルバートさんは、はっとした顔《かお》になりました。そんなことは、考《かんが》えてもいなかったのです。

女の人は、いいました。

「よかったら、わたしも、いっしょに行《い》きましょうか？　この町の動物園《どうぶつえん》ですよね？　あそこの飼育主任《しいくしゅにん》は、父《ちち》と知《し》りあいだったんです。まだ、おやめになってはいないと思《おも》うわ。アザラシの赤ちゃんをつれていくと知《し》らせておけば、あちらだって、じゅんびができるでしょう」

それからちょっと考《かん》えて、また、口をひらきました。

「開園《かいえん》まで、まだ時間《じかん》がありますね。アパートの入り口で、九時《くじ》にまちあわせるというのは、どうでしょう？」

「お言葉《ことば》にあまえて、いいんでしょうか？」

「もちろん。ところで、まだ名前《なまえ》もいってませんでしたね。わたし、ミリセント・クレイグといいます」

「アルバート・クレッグホーンです」

アルバートさんも名のり、おじぎをしました。

4　町の動物園《どうぶつえん》

そんなわけで、九時《くじ》すぎに、ふたりは動物園行《どうぶつえんい》きの市電《しでん》に、いっしょにのっていました。

ミリセントさんは、いいました。

「あの動物園《どうぶつえん》には、ここ何年《なんねん》か、行《い》っていないんです。でも、いつも、とてもこんでいましたっけ。動物《どうぶつ》のせわも、ゆきとどいていますしね」

ところが、動物園《どうぶつえん》についてみると、お客《きゃく》さんは、あまりいませんでした。動物《どうぶつ》たちも、なんだか元気《げんき》がないように見えます。ゾウは、おなかを地面《じめん》につけてねむっていますし、サル舎《しゃ》も、エサをとりあって、けんかをしている二ひきをべつにすれば、ひっそりとしています。

ミリセントさんのお父《とう》さんの、知《し》りあいだったというジェームズさんは、今《いま》も、飼育主任《しいくしゅにん》をしていることがわかりました。ミリセントさんもジェームズさんも、ひさしぶりに会《あ》えて、うれしそうです。

けれども、赤ちゃんアザラシの話《はなし》を聞《き》くと、ジニームズさんは、考《かんが》えこんでしまいました。

「お引《ひ》きうけはしますし、できるかぎりのことはしますが……。じつは、この動物園《どうぶつえん》では、さいきん、たいへんなことがあったんです。そのあと、いろんなことが、かわってしまいましてね」

ジェームズさんの話《はなし》によると、こういうことでした。

長年《ながねん》、園長《えんちょう》をしていた人が、キリン舎《しゃ》のおりにのぼって、こわれたと

ころがないか、調《しら》べていたときに、足をすべらせておちてしまい、なくなったのだそうです。そして、そのあと、新《あたら》しく園長《えんちょう》になった人は、動物《どうぶつ》がちっとも、すきではないというのです。

ジェームズさんはいいました。

「こんどの園長《えんちょう》は、ここに、くることさえありません。

おまけに、飼育員《しいくいん》の半分《はんぶん》をクビにしたうえ、毎週《まいしゅう》の給料《きゅうりょう》やエサ代《だい》のしはらいも、いつもおくれてばかりです。今週《こんしゅう》もまた、わたしが立てかえて、しはらいを、いくつ

かすませたところなんです。まったく、にげだしたいくらいですよ。でも、わたしがいなくなったら、動物《どうぶつ》たちがこまりますからね。

まあ、こんなわけですが、そのアザラシについては、ごしんぱいなく。できるかぎりのことはしましょう」


帰《かえ》りがけに、アルバートさんたちは、アザラシが二頭《にとう》いる、池《いけ》のそばを通《とお》りました。池《いけ》のまわりにしかれている砂《すな》は、うすよごれていて、池《いけ》には、おかしのつつみ紙《がみ》がういたままです。

動物園《どうぶつえん》の外《そと》に出たとたん、アルバートさんはいいました。

「あんなところに、チャーリーをやるわけにはいきません！」

ミリセントさんは、ちょっとためらってから、いいました。

「すこし、さんぽでもしませんか？」

ふたりでしばらく歩《ある》いていくと、小道《こみち》の先に、小さな公園《こうえん》がありました。木にかこまれた草地《くさち》には、ひと休みするのにちょうどいい、木のベンチがあります。

こしをおろすと、ミリセントさんはいいました。

「あの動物園《どうぶつえん》が、あまりよくないのは、たしかですけど、きめつけてしまう前《まえ》に、よく考《かんが》えてみたほうがいいと思《おも》うんです。それに、ほかに心《こころ》あたりは、あるんですか？」

「どこか、べつの動物園《どうぶつえん》をさがしてみるとか……」

アルバートさんが答《こた》えると、ミリセントさんは、首《くび》をよこにふりました。

「たぶん、このちかくにはないと思《おも》います。どこにどんな動物園《どうぶつえん》があるか、父《ちち》から聞《き》いたことがありますから。それに、海《うみ》の生きものをかわない、という動物園《どうぶつえん》だって、あるんですよ」

「じゃあ、ちかくに、水族館《すいぞくかん》はないかな？」

ミリセントさんは、また首《くび》をよこにふって、いいました。

「ないと思《おも》います。そう考《かんが》えると、あの動物園《どうぶつえん》も、それほどわるくはないのかもしれませんよ。ジェームズさんはきっと、チャーリーのためになるよう、がんばってくださるでしょうし。あそこなら、いつでも、ようすを見にいけますし……」

でも、その口ぶりは、じしんがなさそうです。

アルバートさんは、きっぱりといいました。

「だめです。チャーリーを、あそこにやるわけにはいきません。そうだ、いいことがある。わたしがこのまま、かえばいいんだ！」

ミリセントさんは、アルバートさんの顔《かお》を、まじまじと見つめました。

「どこで？　まさか、あなたの家《いえ》で？」

「バルコニーでかうんです。およげるように、おふろだって、使《つか》わせてやります」

アルバートさんは、むきになっていいました。

「でも、アルバートさん、アザラシはすぐに大きくなりますよ。そのうち、手におえなくなってしまうわ」

「だったら、当分《とうぶん》のあいだだけでも。なにか、いい方法《ほうほう》が見つかるまで」

「エサはどうするんです？　動物《どうぶつ》にはそれぞれ、その動物《どうぶつ》にあったエサを食《た》べさせないといけないんです。父《ちち》のもっていた本に書《か》いてありました」

そういわれて、アルバートさんは、「ふーむ、本か」とつぶやきました。

「もしかしたら、お父上《ちちうえ》の本に、ほかにどんな動物園《どうぶつえん》があるか、くわしく書《か》いてあるかもしれない。あなたも知《し》らない動物園《どうぶつえん》が、まだあるかもしれません。本にはのっていなくても、さいきんになってできた動物園《どうぶつえん》だってあるかもしれないし」

「そうですねえ。いくつか、問《と》いあわせの手紙《てがみ》を出してみましょうか」といってから、ミリセントさんは、はっと口に手をあてました。

「たいへん！」

「どうしました？」

「管理人《かんりにん》ですよ。あの人に見つかったら、おしまいですわ」

でも、アルバートさんは、にっこりしていいました。

「管理人《かんりにん》が、なんだっていうんです？　しんぱいないですよ。チャーリーがいることに、気づくわけはありません。はこびこむところは見られていないし、こちらから知《し》らせるつもりも、ないですからね」

そのあとアルバートさんは、すこしためらってから、つづけました。

「もし、あなたが手つだってくださるなら……。だって、動物《どうぶつ》のことをよくごぞんじのようですから。もし、手つだってくださるなら、うまくいくと思《おも》うんですが……」

「そうねえ、チャーリーをしあわせにしてあげられるなら、わたしもうれしいわ」

ミリセントさんも、その気になったようです。きゅうに、てきぱきと、これからのことを、話《はな》し

はじめました。

「まず、チャーリーに、ちゃんとしたエサを、あげなければいけませんね。それから、あとで、バルコニーを見せてくださいな。アザラシのエサについて、くわしいことを、父《ちち》の本でも調《しら》べてみなくちゃ」

ミリセントさんはわらいながら、つけくわえました。

「管理人《かんりにん》が知《し》ったら、なんていうかしら？」

そうだんがおわったあとも、ふたりはしばらく、日の光《ひかり》をあびながら、ベンチにすわっていました。

やがて、ミリセントさんが、「じゃあ、魚屋《さかなや》さんに行《い》きましょうか」といい、ふたりは立ちあがって、チャーリーのための食料《しょくりょう》を買《か》いにいきました。

5 アルバートさんのちょうせん

家《いえ》にもどると、チャーリーは、いかにもおなかをすかせたようすで、小さな声《こえ》でないていました。でも、アルバートさんを見たとたん、うれしそうなき声《ごえ》をあげました。

ミリセントさんは、こまかくきざんだ魚《さかな》と、魚油《ぎょゆ》とミルクをまぜたエサを、水さしに入れました。

口にあててやると、はじめ、チャーリーはとまどっていました。でも、それが食《た》べものだと気がつくと、いきなり、ごくごく、のみこみはじめました。

ミリセントさんは、ほっとしたようにいいました。

「食事《しょくじ》は、これでだいじょうぶ。ちょうど、乳《ち》ばなれの時期《じき》だったようね。夕方《ゆうがた》また、おなじものを作《つく》ってきますね」

「でしたら、そのあと、うちで、夕食《ゆうしょく》をいっしょにいかがですか？」

アルバートさんは、さそってみました。

ミリセントさんは、よろこんで、と答《こた》えました。

その日の午後《ごご》、アルバートさんは、夕食《ゆうしょく》になにを出そうかと考《かんが》えながら、すごしました。バルコニーにテーブルを出して、食《た》べることにしよう。スモークサーモンがいいかな、それとも、ハムのほうがいいかな。

バルコニーの床《ゆか》は、すべすべした石でできています。アルバートさんは、夕食《ゆうしょく》のじゅんびをするあいだ、チャーリーをバルコニーに出しておきました。はじめ、チャーリーはじっとしたまま、あたりをながめていましたが、そのうちに、そろりそろりと動《うご》きはじめました。エサでふくれたおなかをすべらせて、バルコニーを見てまわっています。

夕方《ゆうがた》、ミリセントさんが、二度《にど》めのエサをもってきたころには、チャーリーはすっかりバルコニーになれて、おちついたようすでした。エサを食《た》べさせるとき、だきかかえてやらなくても、水さしを口にあててやるだけで、上手《じょうず》にのみこむようになっていました。

バルコニーでの夕食《ゆうしょく》は、とてもたのしいものになりました。

アルバートさんは、さんざんまよったあげく、スモークサーモンを出すことにしたのですが、それが、ミリセントさんのこうぶつだったのです。会話《かいわ》もはずみました。アルバートさんは、自分《じぶん》の店《みせ》の話《はなし》をしました。仕事《しごと》がすきで、とてもたのしかったこと。店《みせ》を売《う》ってほしいとたのまれて、手ばなしたこと。そのあと、やりたいことがなくなって、たいくつしていたこと。

ミリセントさんは、お父《とう》さんのことや、お父《とう》さんがみていた動物《どうぶつ》たちのことを話《はな》しました。お父《とう》さんがちりょうをするとき、ミリセントさんが手つだうことも、あったのだそうです。

たのしく話《はなし》をしているうちに、夕やみがせまってきました。やがて、すっかり暗《くら》くなっても、ふたりはまだ、話《はな》しつづけていました。チャーリーのすがたも、よく見えなくなり、足もとから聞《き》こえる物音《ものおと》で、そばにいることがわかるだけです。そのうちに、チャーリーのたてる音も、聞《き》こえなくなりました。

月がのぼると、バルコニーのすみでねむっている、チャーリーのすがたが、てらしだされました。ふたりは思《おも》わず、そのかわいらしいすがたに見とれました。

アルバートさんはいいました。

「今夜《こんや》はこのまま、ねかせておくとするかな。でも、朝《あさ》になったら、外《そと》から見えてしまって、まずいですかね？」

「だいじょうぶでしょう。でも、さくの内《うち》がわに、お花のはちうえでもおいて、目かくしにすると、いいかもしれないですね」

「いっしょに、はちうえを、えらんでもらえたら、もっといいかもしれないなあ」

アルバートさんがつぶやくと、ミリセントさんは、ちょっぴり赤くなって、うなずきました。

「もちろん、いいですよ」

そのあと、ミリセントさんは、きゅうに声《こえ》をあげました。

「まあ、もうこんな時間《じかん》！」

「本当《ほんとう》だ。じゃあ、また明日《あした》。朝《あさ》のエサを、よろしくおねがいします」

ふたりは、おやすみなさいをいって、わかれました。

アルバートさんが、さらあらいをすませ、ねるしたくをしていると、バルコニーから、物音《ものおと》が聞《き》こえました。

バルコニーに出るドアのところに行《い》ってみると、チャーリーがおきあがって、顔《かお》をガラスにおしつけていました。ひれをドアにうちつけ、ふあんそうにないています。

「シーッ」

いそいでドアをあけてやると、チャーリーはよたよたと、なかに入ってきて、アルバートさんの足もとにねそべりました。

アルバートさんは、やさしく声《こえ》をかけました。

「どうした？　さびしくなったのかい？」

チャーリーはアルバートさんを見あげ、それから目をつむりました。

「おやすみ」

アルバートさんはチャーリーを、そっとまたいで、ベッドに入りました。

やがて、どちらも、ぐっすりねむりこんでいました。

つぎの日、アルバートさんとミリセントさんは、いっしょに出かけ、花のはちとじょうろを買《か》ってきました。すると、アパートの入り口で、管理《かんり》人《にん》に出くわしました。管理人《かんりにん》はいいました。

「おふたりとも、えんげいをはじめるんですかな？　動物《どうぶつ》をかうより、ずっといい。植物《しょくぶつ》はかけまわったり、うるさいなき声《ごえ》をたてたり、しませんからね」

「ミリセントさんに、うちのバルコニーを、かざってもらおうと思《おも》いました」

アルバートさんがせつめいすると、管理人《かんりにん》はいいました。

「けっこうですな。このアパートの見《み》ばえをよくすることには、わしも大さんせいだ。でも、いくら見《み》ばえがいいといっても、動物《どうぶつ》をもちこむなんてのは、ゆるしませんがね」

はちうえの花は、道路《どうろ》からバルコニーのなかを見えなくする、目かくしになっただけでなく、とてもきれいでした。

買《か》ってきたじょうろで、ミリセントさんは花に水をやり、アルバートさんは、チャーリーに水をかけてやりました。チャーリーは水しぶきをあびてころがり、うれしそうなき声《ごえ》をあげました。

そのあとミリセントさんは、お父《とう》さんの本を何冊《なんさつ》も、調《しら》べてきてくれました。さらに、お父《とう》さんのむかしの知《し》りあいに、アザラシの赤ちゃんを引《ひ》きとってくれるような動物園《どうぶつえん》がないか、とたずねる手《て》紙《がみ》を、何通《なんつう》も書《か》いてくれました。

ミリセントさんはいいました。

「きっと、チャーリーを引《ひ》きうけてくれる動物園《どうぶつえん》が見つかりますよ。まあ、時間《じかん》はすこし、かかるかもしれませんけど」

それから何日《なんにち》か、手紙《てがみ》のへんじをまちながら、ふたりはバルコニーで、チャーリーにエサをやったり、いっしょにあそんだりしました。おふろに水をはり、あそばせてやることもありました。

エサも、がぶがぶのみこむようになったので、ミリセントさんは、きざんだ魚《さかな》ではなく、小さな魚《さかな》を二、三びき、丸《まる》ごとミルクに入れてみました。

チャーリーがすんなりとのみこ

んだのを見て、ミリセントさんは、よろこびました。

それからというもの、チャーリーに魚《さかな》をなげて食《た》べさせてやるのが、ちょっとした、たのしみになりました。アルバートさんが魚《さかな》をなげると、チャーリーは口をあけて、うけとめようとします。そして、うまくうけとめられると、そのまま、ごくん、とのみこむのでした。


アルバートさんは毎日《まいにち》、魚《さかな》を買《か》いにいきました。魚《さかな》の入った、大きなふくろをかかえて帰《かえ》ってくるアルバートさんを、管理人室《かんりにんしつ》で目を光《ひか》らせている管理人《かんりにん》が、見のがすはずがありません。

あるとき、管理人《かんりにん》がじろじろと、ふくろに目をむけてきたので、アルバートさんは、医者《いしゃ》に、魚《さかな》を食《た》べるようにいわれたのだと、せつめいしました。

「ミリセントさんにもすすめたら、あの人も、魚中心《さかなちゅうしん》の食事《しょくじ》にかえることにしたそうですよ」

すると管理人《かんりにん》は、なるほどね、というように、うなずきました。

「たしかに、魚《さかな》が体《からだ》にいいって話《はなし》は、わしも聞《き》いたことがありますなあ」


チャーリーは、すくすくと育《そだ》っていましたが、ミリセントさんのところにきた動物園《どうぶつえん》からのへんじの手紙《てがみ》は、がっかりするものばかりでした。三つの小さな動物園《どうぶつえん》が、アザラシを飼育《しいく》していない、あるいは、飼育《しいく》はしているけれど新《あたら》しいアザラシを引《ひ》きとるよゆうはない、といってきたのです。けれど、ブライトンの町にある大きな動物園《どうぶつえん》からは、まだへんじがきていません。ひょうばんがよくて人気《にんき》もある、この動物園《どうぶつえん》に引《ひ》きとってもらえるといいけれど、とふたりとも思《おも》っていました。

「まあ、さいわい、今《いま》すぐ、なんとかしなくてはいけないわけじゃないですからね」

アルバートさんは夕食《ゆうしょく》を食《た》べながら、ミリセントさんにいいました（今《いま》では、あたりまえのように、毎日《まいにち》いっしょに、夕食《ゆうしょく》を食《た》べるようになっていたのです）。

6　運《うん》のわるいできごと

一週間《いっしゅうかん》ほどたった、ある日の午後《ごご》のことです。ふたりは花に水をやり、チャーリーに水あびをさせました。そのあと、アルバートさんはバルコニーで、チャーリーに魚《さかな》をなげてやりました。おわんに入れたエサも、あとでやろうと思《おも》って、床《ゆか》においてあります。

ミリセントさんは、なんとなく道路《どうろ》をながめていました。すると、ゆうびん屋《や》さんがやってくるのが見えました。

「手紙《てがみ》がきていないか、見てきますね」

すこしして、もどってきたミリセントさんは、手にもったふうとうを、ふってみせました。

「ブライトンの動物園《どうぶつえん》からよ。どうぞ、あけて読《よ》んでみてくださいな」

ところが、アルバートさんに手紙《てがみ》をわたそうと、いそいだせいで、ミリセントさんは、バルコニーのぬれた床《ゆか》で足をすべらせ、魚《さかな》をうけとめようと、まちかまえていたチャーリーに、ぶつかってしまいました。

運《うん》がわるかったとしか、いいようがありません。アルバートさんがなげた魚《さかな》は、チャーリーの口に入るかわりに頭《あたま》にぶつかって、バルコニー

のさくをこえ、外《そと》へとんでいってしまいました。
チャーリーは、あわてたようにほえながら、さくに、とっしんしました。そのとちゅうで、エサの入ったおわんをはねとばしたので、なかみが、ざぶっとはねて、さっきの魚《さかな》とおなじように、さくのむこうへおちていきました。
そのあと、下のほうから、キャッというさけび声《ごえ》が聞《き》こえ、またしずかになりました。
アルバートさんは、おそるおそる、下を見おろしました。

道路《どうろ》では女の人が立ちどまって、ぬれた服《ふく》や頭《あたま》をふいています。女の人がこっちを見あげたので、アルバートさんは、あわてて顔《かお》をひっこめました。

もう一度《いちど》のぞいてみると、女の人が歩《ある》きはじめていたので、アルバートさんはほっとしました。

ところが、ふたりづれのおばあさんが、女の人のほうへ、ちかづいていきました。女の人は、ふたりに、なにかをうったえているようです。そして、三人そろって、バルコニーを見あげました。おこっている声《こえ》が、きれ

ぎれに聞《き》こえてきます。

さらに、そこへ通《とお》りかかった男の人と、品物《しなもの》をとどけにいくとちゅうの店員《てんいん》も、話《はなし》にくわわりました。おこった話《はな》し声《ごえ》はどんどん大きくなり、ついにアパートから、管理人《かんりにん》まで出てきたのが見えました。

「まずい。きっと、ここにくるぞ。うまくごまかさないと」

アルバートさんは、のこっていた魚《さかな》をチャーリーの前《まえ》において、「おたべ」と声《こえ》をかけました。そして、ミリセントさんをせきたてて居間《いま》にもどり、バルコニーに出るドアをしめました。

じきに、げんかんのドアを、らんぼうにノックする音がしました。管理《かんり》人《にん》です。

アルバートさんは、ドアをあけ、管理人《かんりにん》より先にいいました。

「いやはや、なんともすみません。バルコニーで昼《ひる》ごはんを食《た》べていたら、

つい、うっかり、手がすべりまして。あのかたには、もうしわけないことをしました。なんとおっしゃっていますか？　おりていってあやまりますから、いっしょに、きてくれませんか？」

管理人《かんりにん》は、うなずきかけましたが、ちょうどそのとき、バルコニーのほうから、動物《どうぶつ》のほえるような音が聞《き》こえてきました。管理人《かんりにん》の顔色《かおいろ》が、さっとかわりました。

「犬のなき声《ごえ》だな？　犬をかってるんですな。このアパートでこっそり犬をかうなんて、ゆるしませんぞ！」

管理人《かんりにん》は、アルバートさんのわきをすりぬけて、居間《いま》に入っていきました。そして、ドアにひれをうちつけながら、バルコニーでほえているアザラシを、見つけてしまったのです。

もう、いいのがれはできません。

管理人《かんりにん》は、かんかんになって、どなりました。

「犬よりひどいじゃないか！　あんな、つるんとした……あんな、あんな、うう……」

ぴったりの言葉《ことば》がうかばなかったのか、管理人《かんりにん》は声《こえ》をつまらせたあと、こうつづけました。

「すぐに、おいだせ！　このたてものから、出すんだ！」

アルバートさんは、アザラシを、明日《あした》の朝《あさ》いちばんに、よそへうつしま
す、とやくそくするしかありませんでした。

管理人《かんりにん》がいなくなったあと、アルバートさんとミリセントさんは、バルコニーでチャーリーをなだめながら、いっしょうけんめい考《かんが》えました。

チャーリーを、どこへやったらいいのでしょう？

ミリセントさんは、自分《じぶん》がずっと、手紙《てがみ》をにぎりしめていたことを思《おも》いだしました。ブライトンの動物園《どうぶつえん》からきた手紙《てがみ》です。

「そうだわ、ブライトンの動物園《どうぶつえん》が、チャーリーを引《ひ》きとってくれるかもしれないわ」

そういって、ふうとうをあけましたが、読《よ》む前《まえ》からなんとなく、わるい知《し》らせのような気がしました。

「まあ、水族館《すいぞくかん》のたてものを、工事《こうじ》しているんですって」

ミリセントさんは、がっかりしていいました。

「チャーリーを引《ひ》きとることは、できないそうよ」

「となると……」

アルバートさんがいうと、ミリセントさんもうなずきました。ふたりとも、はっきり口に出したくは、ありませんでした。

でも、しばらくして、ミリセントさんがつぶやきました。

「ジェームズさんの動物園《どうぶつえん》に、つれていくしかないわね」

そのばん、ふたりはつらい思《おも》いで、チャーリーを町の動物園《どうぶつえん》につれていくためのじゅんびをしました。

アザラシを、市電《しでん》にのせることはできません。でも、いいものを思《おも》いだしました。アルバートさんがチャーリーをつれ帰《かえ》ったときに使《つか》って、駅《えき》に返《かえ》すのをわすれていた台車《だいしゃ》です。

ミリセントさんは、エサをたっぷり作《つく》り、丸《まる》ごとの魚《さかな》も何《なん》びきか、入れものに入れて、いっしょにもっていけるようにしました。

「これだけあれば、何日《なんにち》かは、こまらないわよね」

ミリセントさんがいうと、アルバートさんはエサを見て、いいました。

「すこしのあいだ、わたしも動物園《どうぶつえん》にとまりたいと、たのんでみようかな。そうすれば、チャーリーがちゃんと、このエサを食《た》べさせてもらえるか、見ていられるから」

ふたりは、「しんぱいしなくても、だいじょうぶ」と、いいあいました。でも、心《こころ》のなかでは、ふたりとも、しんぱいでたまらなかったのです。

7　動物園《どうぶつえん》は、お休み？

よく朝《あさ》はやく、ふたりは出発《しゅっぱつ》しました。

アルバートさんがチャーリーをかかえて、アパートの外《そと》に出ていくとき、管理人《かんりにん》は、いませんでした。きのうのさわぎで、つかれて、ねぼうしていたのです。

ブリキのたらいに入れようとすると、チャーリーは、いやがりました。前《まえ》より体《からだ》が大きくなって、きゅうくつだからでしょう。それでも、なんとかたらいに入れ、台車《だいしゃ》にのせると、チャーリーは、なにがはじまるの？といいたそうな顔《かお》で、アルバートさんを見あげました。

アルバートさんが、台車《だいしゃ》をおして道《みち》を歩《ある》きはじめると、チャーリーはうれしそうに、きょろきょろと、あたりを見まわしました。行きかう市電《しでん》や自動車《じどうしゃ》を見ては、おどろいたようなき声《ごえ》をあげています。
ミリセントさんも、チャーリーのエサをかかえて、台車《だいしゃ》についてきました。
動物園《どうぶつえん》につくと、まだ開《かい》園前《えんまえ》でした。
そこで、台車《だいしゃ》を公園《こうえん》へおしていき、ベンチにすわって、まつことにしました。

前《まえ》に、チャーリーのことをそうだんしたときにすわった、あのベンチです。

アルバートさんは、つらさをごまかそうとして、わざと明《あか》るくいいました。

「おわかれの前《まえ》に、チャーリーと、もうひとあそびしようかな」

アルバートさんが魚《さかな》をなげてやると、チャーリーは、たのしそうに草の上をはっていって、うけとめました。

なごりおしくて、何度《なんど》もくりかえしたので、チャーリーをたらいにもどしたときには、もうとっくに、開園時間《かいえんじかん》になっていました。

「そろそろ、行《い》くとするかな……」

「そうね、行《い》きましょう」

ミリセントさんもうなずき、ふたりは台車《だいしゃ》をおして、動物園《どうぶつえん》へと歩《ある》きだしました。

ところが、門《もん》は、しまったままでした。門《もん》にはかぎがかかっていて、外《そと》のきっぷ売《う》り場《ば》にも、だれもいません。それどころか、あたりに、だれひとりいないのです。

「今日《きょう》は、お休みなのかしら？」

ミリセントさんが首《くび》をかしげ、アルバートさんは、へいにかかっているかんばんを、たしかめてみました。

いいえ、お休みではありませ

ん。でも、なかから、ゾウのなき声《ごえ》がかすかに聞《き》こえてくるだけで、あたりは、しずまりかえっています。

「まいったな。どうしよう?」

「あら、だれかくるわ」と、ミリセントさんがいいました。

動物園《どうぶつえん》のなかから、男の人がふたり、こちらへ歩《ある》いてくるのが、門《もん》のさくのあいだから見えました。

ひとりは、黒《くろ》っぽい

スーツを着《き》た人で、もうひとりは、飼育員《しいくいん》です。

飼育員《しいくいん》が門《もん》をあけると、スーツの人は、外《そと》に出てきました。そして、「お力になれず、ざんねんです」といって、帰《かえ》っていきました。アルバートさんは、その人を見たことがありました。この町の銀行《ぎんこう》の、支店長《してんちょう》です。

飼育員《しいくいん》が門《もん》をしめようとしたとき、ミリセントさんがすかさず、声《こえ》をかけました。

「今日《きょう》はお休みなんですか？　ジェームズさんに、お目にかかりたいんですけど」

「ああ、いつか、赤ちゃんアザラシのことで、いらしたかたですよね？　ざんねんですが、うちではもう、お力になれないと思《おも》います」

飼育員《しいくいん》は、つらそうな顔《かお》になりました。

「でも、とにかく、お入りください。ジェームズは事務所《じむしょ》におります。

わたしは用事《ようじ》があるので、ここで、しつれいします。下見《したみ》にきている人たちの、あんないをしないといけないので」

飼育員《しいくいん》がいそぎ足で立ちさると、ミリセントさんは、首《くび》をかしげました。

「下見《したみ》って、どういうことかしら？」

「どういうことか、わかった気がする。わたしの考《かんが》えが、あたっていないといいんだが」

アルバートさんは、つぶやきました。

台車《だいしゃ》をおしながら、動物園《どうぶつえん》のなかへすすんでいくと、いろいろな動物《どうぶつ》の前《まえ》を通《とお》るたびに、チャーリーはおどろいたような、なき声《ごえ》をあげました。

ゾウのおりの外《そと》には、男の人がいて、ゾウたちをかんさつしながら、手ちょうになにかメモしていました。

ライオンのおりの外《そと》にも、ふたりいました。

アルバートさんたちが、そばを通《とお》ると、ひとりがふりむいて、チャーリーに目をとめ、もうひとりにいいました。

「こいつはどうだい？　元気《げんき》そうだし、見《み》ばえもいいじゃないか」

そして、その人は、アルバートさんに話《はな》しかけ

ようとしました。

でも、アルバートさんはだまって、さっさと通《とお》りすぎました。

事務所《じむしょ》に行《い》ってみると、ジェームズさんは、たくさんの書類《しょるい》の山を前《まえ》にして、頭《あたま》をかかえていました。

ジェームズさんが口をひらくよりはやく、アル

バートさんはいいました。

「もしかして、園長《えんちょう》が、夜《よ》にげしたんじゃないですか？」

ジェームズさんは、はっとしたように、すわりなおしました。ひどくおどろいたのか、書類《しょるい》がぱらぱらと、床《ゆか》におちました。

「どうして、わかったんです？」

「わたしも、商売《しょうばい》をしていたことがありますからね。うまくいかないときに、おこりそうなことが、すこしはわかるんですよ」

「そのとおりです。園長《えんちょう》がいなくなって、そのうえお金をぜんぶ、もっていってしまったんです」

ジェームズさんはいいました。

「おかげで、動物《どうぶつ》たちを売《う》るしか、なくなってしまった。今日《きょう》は、動物《どうぶつ》を買《か》いたいという人たちが、下見《したみ》にきているんです。どこで話《はなし》を聞《き》いたのか、サーカスの人までできている。うちの動物《どうぶつ》に、芸《げい》をさせるっていうんですよ！　だけど、そんな買《か》い手《て》だろうと、あらわれなかったら、動物《どうぶつ》たちは、死《し》ぬしかないんだ。

これもみんな、あのよくばりで、おろかで、いいかげんな園《えん》長《ちょう》のせいです。よくもまあ、こんな仕打《しう》ちができたもんだ」

ミリセントさんが、顔《かお》をくもらせました。

「まあ、なんてことなの……。銀行《ぎんこう》に、お金をかしてもらうことは、できないかしら？　でも、もう、たのんでごらんになったのでしょうね？」

「ええ、銀行《ぎんこう》の支店長《してんちょう》は、すこしはお金をかすと、いってくれました。われわれもみんな、できるかぎりのことはしました。自分《じぶん》の貯金《ちょきん》をもってきてくれた、飼育員《しいくいん》までいるんです。

ですが、動物園《どうぶつえん》をやっていくには、たいそうお金がかかりますからね。お金がぜんぜん、たりないんです」

それからジェームズさんは、前《まえ》の園長《えんちょう》といっしょに考《かんが》えたという、動《どう》物園《ぶつえん》をたのしくする計画《けいかく》のことも、話《はな》してくれました。

「アシカなんかのショーを見せる、客席《きゃくせき》のあるプールを、作《つく》るつもりでした。ブライトンの動物園《どうぶつえん》にあるようなのをね。子どもが動物《どうぶつ》にさわったり、エサをやったりすることのできる、ふれあい広場《ひろば》も、作《つく》る予定《よてい》でした。

計画《けいかく》どおりにできていたら、動物園《どうぶつえん》はもっと人気《にんき》が出て、きっと、うまくいっていたはずなんです」

そのとき、バシャンという音がして、アザラシのなき声《ごえ》がひびきました。

ミリセントさんがさけびました。

「チャーリー!」

三人が、いそいで事務所《じむしょ》の外《そと》に出てみると、たらいが台車《だいしゃ》から、おちてたおれ、チャーリーが、地面《じめん》にころがり出てしまっていました。

さっき、ライオンのおりのところで、チャーリーに目をつけていた男の人ふたりが、台車《だいしゃ》のそばに立っていました。チャーリーを売《う》りものだと思《おも》って、ながめていたのでしょう。ひとりが、わらいながらいいました。

「たいしたもんだ。このアザラシときたら、たらいからとびだす曲芸《きょくげい》まで、やってのけたぞ!」

チャーリーは、アルバートさんを見ると、うれしそうにはってきて、くつの上にのろうとしました。

アルバートさんはふたりをにらみつけ、チャーリーを、事務所《じむしょ》につれてもどりました。ミリセントさんが、チャーリーにエサをやり、ジェームズさんは、けがをしていないか、調《しら》べてくれました。

そのあと、三人はすわったまま、しばらくだまっていましたが、ミリセントさんが、ふと、事務所《じむしょ》のすみにあるやかんに目をとめて、いいました。

「ちょっと、お茶《ちゃ》でものみませんか。まずは、元気《げんき》をつけないとね」

ミリセントさんは、ジェームズさんに、お茶《ちゃ》がどこにあるか教《おし》えてもらって、お茶《ちゃ》をいれました。

アルバートさんは、なにか考《かんが》えこんでいます。床《ゆか》におちている書類《しょるい》に、じゃれてあそんでいるチャーリーに、目をむけてはいますが、どこか、上《うわ》の空《そら》といったようすです。

そのうち、ようやくアルバートさんは、口をひらきました。

「わたしにとって、今《いま》、いちばんだいじなのは、チャーリーをおいてくれる場所《ばしょ》を見つけることです」

「そうでしょうね。お力になれると、よかったんですが……」

ジェームズさんは、ためいきをつきました。

アルバートさんは立ちあがり、ジェームズさんのつくえに、ちかづきました。

「なんとかなるかもしれませんよ。お金がどのくらいたりないのか、ちょっと、書類《しょるい》を見せてください」

ジェームズさんの顔《かお》つきが、かわりました。

「え？　なんとかできるん

ですか？」

「わたしはずっと、店《みせ》をやっていました。その店《みせ》を売《う》ったので、たくわえがあります。店《みせ》のきりもりは、たのしい仕事《しごと》でした。動物園《どうぶつえん》をきりもりするのも、おもしろいんじゃないかな」

アルバートさんは、書類《しょるい》を一まい手にとって、つづけました。

「いっしょに、計算《けいさん》してみましょう」

ミリセントさんは、アルバートさんとジェームズさんのようすを、かわるがわる見ました。それから、チャーリーがじゃれていた書類《しょるい》をとりあげて、つくえにのせ（それは、ラクダのエサ代《だい》のせいきゅう書《しょ》でした）、しばらくさんぽをしてきます、といって、外《そと》に出ていきました。

一時間《いちじかん》ほどして、ミリセントさんが、事務所《じむしょ》にもどってみると、チャーリーはすみっこでねむっていて、床《ゆか》には、さっきよりたくさんの書類《しょるい》が、おちていました。アルバートさんとジェームズさんは、頭《あたま》をつきあわせて、「そのことも調《しら》べてみなくては」とか、「まったくですね」とかいいながら、まだねっしんに、話《はな》しあっているさいちゅうです。

そこで、ミリセントさんは、もう一度《いちど》、さんぽに行《い》くことにしました。しばらく歩《ある》きまわってから、ミリセントさんがまた、事務所《じむしょ》のほうへもどっていくと、ちょうど飼育員《しいくいん》が、動物《どうぶつ》の下見《したみ》にきていた人たちを、門《もん》へつれていくのが見えました。下見《したみ》の人たちはみんな、むっとしたような顔《かお》をしています。

ミリセントさんが、事務所《じむしょ》に入っていくと、こんどは、アルバートさんもジェームズさんも、はればれとした顔《かお》をしていました。

アルバートさんが、にっこりわらって、いいました。

「かいけつしましたよ。動物園《どうぶつえん》は、このまま、のこせます」

ジェームズさんは、さっそく、飼育員《しいくいん》たちをよびあつめると、うれしそうな顔《かお》で、いいました。

「動物園《どうぶつえん》は、つぶれずにすむことになりました」

それから、みんなに、アルバートさんをしょうかいしました。

「このアルバートさんが、動物園《どうぶつえん》をやっていくのに、たりないお金を、出してくださいます。ぜひ、新《あたら》しい園長《えんちょう》になっていただきましょう」

アルバートさんも、みんなに話《はな》しかけました。

「動物《どうぶつ》の飼育《しいく》については、今《いま》までどおり、ジェームズさんにおまかせします。クビにされた飼育員《しいくいん》のかたたちにも、仕事《しごと》にもどってきてもらいましょう。そして、動物《どうぶつ》の世話《せわ》を、今《いま》まで以上《いじょう》に、しっかりやっていきましょう」

動物園《どうぶつえん》がもとどおりになり、ジェームズさんの話《はな》していた、新《あたら》しい計画《けいかく》にとりかかることができれば、お客《きゃく》さんも、これまで以上《いじょう》にきてくれることでしょう。

飼育員《しいくいん》たちは、バンザーイ、とさけび、はくしゅしました。みんなが、かわるがわる、アルバートさんとあくしゅをしました。

そのようすを、ミリセントさんは、ほほえみながら見ていました。

さっき門《もん》をあけてくれた飼育員《しいくいん》が、手をあげて、たずねました。

「アルバートさん、お住《す》まいは、どうなさいますか？　動物園《どうぶつえん》のなかに、園長《えんちょう》のための家《いえ》があるんですが」

なんでも、事務所《じむしょ》のうらてに、園長《えんちょう》が住《す》むことのできる家《いえ》があって、今《いま》までの園長《えんちょう》はみんな、そこでくらしていたのだそうです。

「あの、夜《よ》にげした園長《えんちょう》だけは、ちがいましたけどね。動物園《どうぶつえん》のなかに住《す》むなんて、まっぴらだ、といって、いやがったんです。でも、とても住《す》みごこちのいい家《いえ》なんですよ。よろしければ、おくさまとごいっしょに、ごらんになってみませんか？」

飼育員《しいくいん》はいいました。

「まあ……」

ミリセントさんは、ぽっと、ほおを赤くしました。

「わたし、アルバートさんのおくさまじゃないんですよ」

これを聞《き》いて、アルバートさんは、ふしぎな気もちになりました。そう、ちょうど、ボートのなかで、チャーリーをつれて帰《かえ》ろうと、きめたときのようです。あのときは、自分《じぶん》の口から、とっぴょうしもない言葉《ことば》がとびだしたことに、おどろきましたが、すぐに、それこそが自分《じぶん》のしたいことだと、わかったのでした。

そしてこんどは、口から、こんな言葉《ことば》がとびだしたのです。

「いや、そうなってくれたらいいのに！」

自分《じぶん》がいってしまった言葉《ことば》に気がつくと、アルバートさんの顔《かお》も、赤くなりました。

ふたりは、見つめあいました。

「すこし、歩《ある》きませんか？」

ミリセントさんがいいました。

しばらくして、おりのうらをそうじしていた飼育員《しいくいん》の若者《わかもの》が、なかまたちに、こっそり教《おし》えました。

「アルバートさんが、あの女の人の前《まえ》で、ひざまずいているのを見たんだ。そのあと長《なが》いこと、ふたりでよりそっていたっけ。きっと、プロポーズしたんだね！」

8　新《あたら》しい園長《えんちょう》

アルバートさんたちのけっこん式《しき》は、動物園《どうぶつえん》のアザラシ池《いけ》のほとりで、行《おこな》われました。このアザラシ池《いけ》は、そのあと工事《こうじ》をして、ショーができるプールになりました。

動物園《どうぶつえん》にもともといた、二頭《にとう》のアザラシは、どちらもおとなのメスで、きそいあうように、チャーリーの母親《ははおや》がわりをしてくれました。アルバートさんは、毎日《まいにち》、エサの時間《じかん》になると、アザラシたちに、魚《さかな》をなげてやりました。

アルバートさんの目がゆきとどき、ミリセントさんも、いいアイディアをたくさん出したので、新《あたら》しくなった動物園《どうぶつえん》は、とても人気《にんき》が出ました。ブライトンの大きな動物園《どうぶつえん》にも、まけないくらいです。

とくに人気《にんき》があったのは、広《ひろ》いプールでのびのびとすごす、アザラシやアシカでした。チャーリーたちが、飼育員《しいくいん》とあそんだり、芸《げい》をしたりするすがたを、おおぜいのお客《きゃく》さんが見にきました。

アルバートさんのいとこのウィリアムと、その家族《かぞく》も、しょっちゅう、動物園《どうぶつえん》にあそびにきました。赤ちゃんだったチャーリーを、さいしょに見つけた、あのトミーもです。

トミーは、大きくなってもアザラシが大すきで、とうとう、この動物園《どうぶつえん》の飼育員《しいくいん》になりました。そして、さらに何年《なんねん》もあとのことですが、ジェームズさんのあとをついで、飼育主任《しいくしゅにん》になったのでした。

そして……。

なかよし
動《どう》物《ぶつ》園《えん》

アルバートさんも、ミリセントさんも、
飼育員《しいくいん》も動物《どうぶつ》たちも、
ずっと、しあわせにくらしました。
もちろん、チャーリーも、ね！

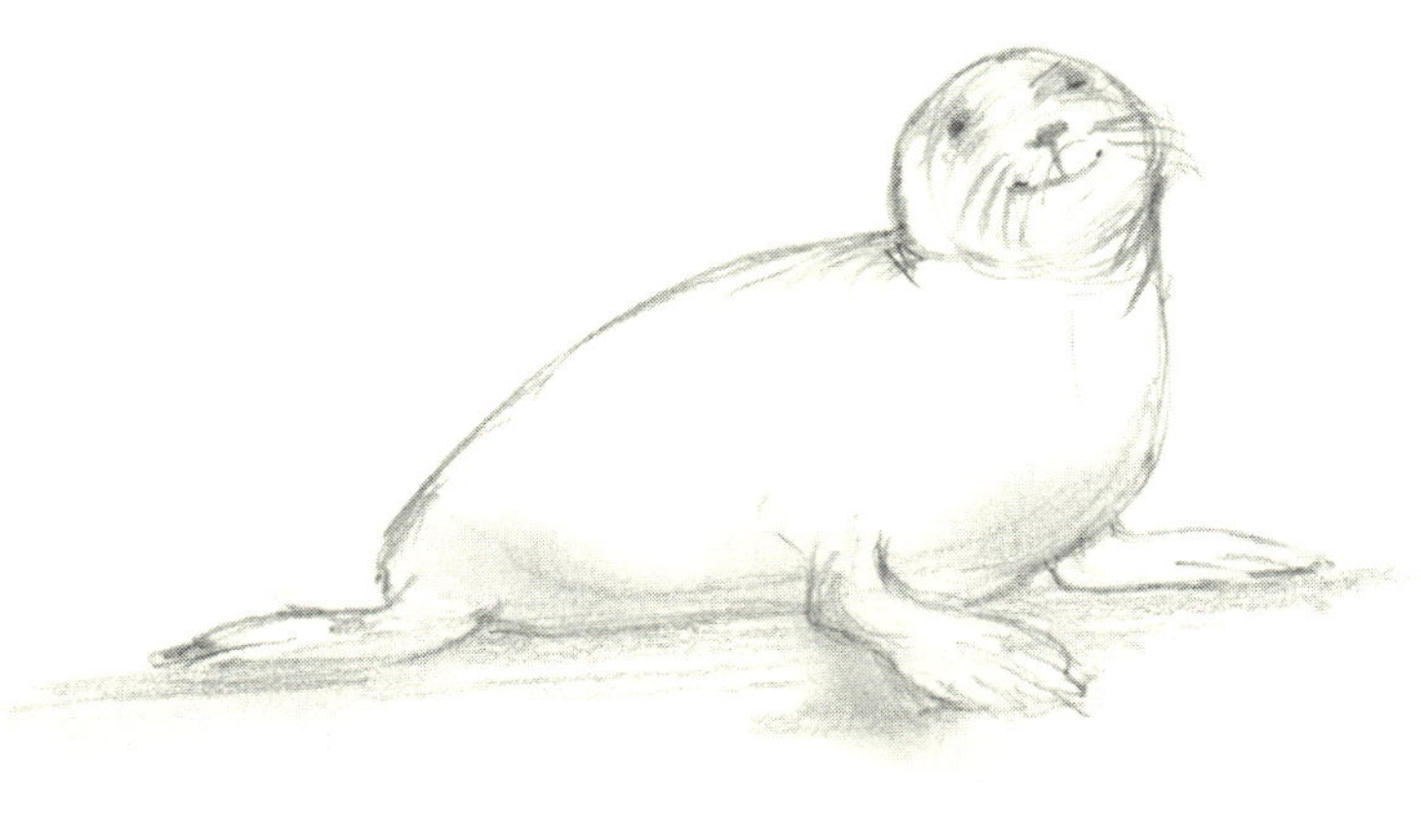

作者《さくしゃ》あとがき

わたしが小さいころ住《す》んでいた、ドイツのベルリンの家《いえ》には、「赤い部屋《へや》」とよばれる部屋《へや》がありました。評論家《ひょうろんか》だった父《ちち》の仕事部屋《しごとべや》にしようと、母《はは》がはりきって、つくえやいすなどをそろえた部屋《へや》でした。

ところが、父《ちち》は、寝室《しんしつ》にある木のテーブルで仕事《しごと》をするほうが、すきでした。そんなわけで、寝室《しんしつ》の床《ゆか》には、いつも原稿《げんこう》などがちらばり、赤い部屋《や》のほうは、お客《きゃく》さん用《よう》の部屋《へや》として、ごくたまに使《つか》われるだけでした。

赤い部屋《へや》には、使《つか》われないままの、りっぱなつくえといすのほかに、父《ちち》があちこちへ旅《たび》をしてはもち帰《かえ》った、おもしろい品《しな》がいろいろおかれていました。

そのなかに、小さなアザラシのはく製《せい》がありました。アザラシは、みがかれた床《ゆか》に、心地《ここち》よさそうにねそべっていました。その部屋《へや》は、ふだんは入ってはいけないことになっていたので、たまに入れてもらうと、わたしはうれしくなりました。アザラシのはく製《せい》が見られるからです。わたしはよく、アザラシの上に、そっとすわってみたり、毛皮《けがわ》をなでてみたりしたものです。

当時《とうじ》、動物《どうぶつ》のはく製《せい》は、それほどめずらしいものではありませんでした。今《いま》のように、かんたんに写真《しゃしん》がとれる時代《じだい》ではありませんから、かわいがっていた動物《どうぶつ》が死《し》ぬと、はく製《せい》にして、手元《てもと》にのこそうとする人たちがいたのです。といっても、そのころでも、さすがにアザラシのはく製《せい》は、めったにありませんでした。

「このアザラシは、どうしたの?」と、わたしがたずねると、父《ちち》は、「むかし、バルコニーでかっていたんだ」とだけいいました。

父《ちち》が話《はなし》のつづきを聞《き》かせてくれたのは、それから何年《なんねん》もたって、英国《えいこく》に住《す》むようになってからのことです。もう、アザラシのはく製《せい》は、家《いえ》にありませんでした（わたしたちはユダヤ人だったため、ナチスという政党《せいとう》に、迫害《はくがい》されることをおそれて、いくつかの国《くに》をへて、英国《えいこく》にわたったのです。ドイツにおいてきた財産《ざいさん》は、アザラシのはく製《せい》をふくめ、なにもかも、ナチスに没収《ぼっしゅう》されてしまいました）。

父《ちち》は、まだ若《わか》かったころ（今《いま》から百年以上前《いじょうまえ》のことです）、フランスのノルマンディー地方《ちほう》に行《い》き、漁師《りょうし》の家にとめてもらったことがありました。ある日、父《ちち》は漁師《りょうし》のボートに、いっしょにのせてもらい、海《うみ》に出ました。すると、漁師《りょうし》は、アザラシを銃《じゅう》でしとめていきました。漁師《りょうし》にとって、魚《さかな》をたくさん食《た》べるアザラシは、へらさなくてはならない動物《どうぶつ》だったからです。漁師《りょうし》は、子どもをつれていないアザラシだけをねらっていましたが、まちがって、赤ちゃんをつれたメスアザラシを、うってしまいました。母親《ははおや》をなくした赤ちゃんアザラシは、お乳《ちち》をもらえないので、うえ死《じ》にするしかありません。赤ちゃんもはやく殺《ころ》してやるほうが、苦《くる》しむ時間《じかん》が短《みじか》くてすみます。漁師《りょうし》が、しかたなく銃《じゅう》をかまえたとき、動物《どうぶつ》が大すきだった父《ちち》が、いいました。「うってはいけない、わたしがつれ帰《かえ》って、めんどうをみる」と。

作者《さくしゃ》の父《ちち》（1927年ごろの写真《しゃしん》）

そして、父《ちち》は本当《ほんとう》に、赤ちゃんアザラシを、海草《かいそう》をしきつめた箱《はこ》に入れ、ベルリン行《い》きの汽車《きしゃ》にのせて、自分《じぶん》のアパートにはこんだのでした。

長《なが》い旅《たび》のとちゅう、父《ちち》は、貨物車《かもつしゃ》にのせたアザラシに水をかけてやったり、肝《かん》油《ゆ》をまぜた、とくせいミルクをのませたりしたそうです。けれども、ミルクをやるのはむずかしく、あまり上手《じょうず》には、のませられなかったようです。

夜《よる》おそく、汽車《きしゃ》がベルリンに到着《とうちゃく》したときには、ミルクはもう、なくなっていました。父《ちち》はアザラシをつれて、タクシーでレストランに行《い》き、そこでアザラシ用《よう》に、ミルクを注文《ちゅうもん》しました。レストランにいたお客《きゃく》さんたちは、さぞおどろいたことでしょうね。

そして、タクシーでアパートにもどると、アザラシをひとまず、ふろおけに入れました。そのあと、バルコニーに出してみたのです。

赤ちゃんアザラシは、すっかり父《ちち》になついていて、父《ちち》が部屋《へや》のなかにもどろうとすると、小声《こごえ》でなきながら、あとを追《お》ったそうです。

それからというもの、アザラシはいつも父《ちち》のそばにいたがり、自分《じぶん》もなかに入れてもらおうと、体《からだ》をバルコニーのドアにおしつけて、ひれでガラスをたたきました。すると父《ちち》も、アザラシを部屋《へや》に入れてやったり、自分《じぶん》がバルコニーに出て、じょうろで水をかけてやったりしました。

なるべく長《なが》く、アザラシといっしょにいたい。父《ちち》は、そうのぞんでいました。極北《きょくほく》の海《うみ》ぞいに住《す》む民族《みんぞく》には、アザラシをペットにする人たちもいると聞《き》いていた父《ちち》は、アザラシをペットにできると考《かんが》えたのでしょう。

けれども、赤ちゃんアザラシは、まだまだお乳《ちち》がひつような時期《じき》でした。父《ちち》がいっしょうけんめい、とくせいミルクをのませても、栄養《えいよう》をじゅうぶんにとらせることはできませんでした。アザラシは、ミルクにひたした古《ふる》い上着《うわぎ》のはしを、ちゅうちゅうすって、ミルクをのんだそうですが、たぶん、量《りょう》もたりず、栄養《えいよう》たっぷりのアザラシのお乳《ちち》のかわりには、ならなかったのでしょう。

自分《じぶん》ひとりで育《そだ》てることはできない、と思《おも》った父《ちち》は、ベルリンの動物園《どうぶつえん》に、赤ちゃんアザラシを引《ひ》きとってくれるよう、たのみました。けれども、動物園側《どうぶつえんがわ》は、うけいれることができませんでした。ベルリンの水族館《すいぞくかん》にも聞《き》きましたが、だめでした。

赤ちゃんアザラシはやがて、だんだんやせて、弱《よわ》っていきました。とうとう父《ちち》は、アザラシの苦《くる》しみをとりのぞくため、死《し》なせてやるしかありませんでした。そして父《ちち》は、そのアザラシをはく製《せい》にして、思《おも》い出《で》をのこしたのです。

わたしは、この話《はなし》を聞《き》くのがすきでした。でも、話《はな》してもらうたびに、アザラシが生きのびて、しあわせになっていたらよかったのに、と思《おも》いました。そうして、父《ちち》が赤ちゃんアザラシと出会《であ》ったときから、百年以上《いじょう》もたった今《いま》、わたしは、この物語《ものがたり》を書《か》いたのです。

訳者《やくしゃ》あとがき

アルバート・クレッグホーンさんは、新聞《しんぶん》やタバコや、おかしなどを売《う》るお店《みせ》の店主《てんしゅ》でした。お店《みせ》の仕事《しごと》も、お客《きゃく》さんとのやりとりも、たのしかったのに、お店《みせ》を売《う》ってしまったために、毎日《まいにち》がたいくつになってしまいました。そこで、いとこのウィリアムの住《す》む、海《うみ》べの村へ出かけたことから、このお話《はなし》ははじまります。

アルバートさんは、ウィリアムの家族《かぞく》とたのしい夏休《なつやす》みをすごすうちに、海《うみ》で出会《であ》った赤ちゃんアザラシに、心《こころ》をうばわれます。ところが、しばらくして、お母《かあ》さんアザラシが、命《いのち》をおとしてしまったらしく、赤ちゃんにも命《いのち》の危機《きき》がせまります。アルバートさんは、赤ちゃんアザラシをたすけようと、心《こころ》をきめるのですが……。

作者《さくしゃ》あとがきにもあるように、このお話《はなし》は、作者《さくしゃ》のジュディス・カーが、父親《ちちおや》の体験《たいけん》をもとに書《か》いたものです。作者《さくしゃ》は、父《ちち》が引《ひ》きとった赤ちゃんアザラシが、おとなになる前《まえ》に死《し》んでしまったことを、ざんねんに思《おも》っていました。そして、九十歳《きゅうじっさい》をすぎた今《いま》になって、このしあわせになった赤ちゃんアザラシのお話《はなし》を書《か》いたのです。

ジュディス・カーは、一九二三年、ドイツのベルリンに生まれました。演劇《えんげき》の評論家《ひょうろんか》として有名《ゆうめい》だった父《ちち》も、母《はは》も、ユダヤ人の、ゆうふくな家《か》庭《てい》でした。ところが、一九二〇年ごろから、ドイツには、ナチスという政《せい》治団体《じだんたい》があらわれました。ドイツで、ユダヤ人を迫害《はくがい》しようとする動《うご》きが、しだいに強《つよ》まってきたことに気づいたジュディスの父《ちち》は、ヒトラーが政権《せいけん》をにぎる直前《ちょくぜん》に、一家《いっか》でスイスへにげることを決《き》めました。

一九三三年、一家《いっか》は、家《いえ》も家具《かぐ》もそのままにして、トランクひとつでドイツを出、まずはスイスへ、その後《ご》フランスへ、そして一九三六年に英国《えいこく》に移《うつ》り住《す》みます。こうして一家《いっか》は、なんとか生きのびることができました。ですが、作者《さくしゃ》あとがきにある、アザラシのはく製《せい》も、少女《しょうじょ》だったジュディスが大切《たいせつ》にしていたうさぎのぬいぐるみも、なにもかも、おいてくるしかなかったのです。そのときのことは、『ヒトラーにぬすまれたももいろうさぎ』という自伝的《じでんてき》な物語《ものがたり》に書《か》かれています。ジュディスが父《ちち》から、アザラシのはく製《せい》の話《はなし》をちゃんと聞《き》いたのは、英国《えいこく》へ移《うつ》ってきてから、ということになります。

作者《さくしゃ》は、英国《えいこく》で美術《びじゅつ》を学び、ＢＢＣ放送《ほうそう》で子ども番組《ばんぐみ》の脚本《きゃくほん》を書《か》いたりしていましたが、子育《こそだ》てが一段落《いちだんらく》したあと、絵本《えほん》を作《つく》るようになりました。自分《じぶん》で絵《え》も描《か》いた絵本《えほん》には、ロングセラーとなっている、『おちゃのじかんにきたとら』や、『わすれんぼうのねこ　モグ』にはじまる、ちょっと、とぼけたねこのモグのシリーズなどがあります。

ジュディス・カーの作品《さくひん》からは、家族《かぞく》のぬくもりや、動物《どうぶつ》への愛情《あいじょう》がつたわってきて、心《こころ》があたたかくなります。まだ、読《よ》んでいない作品《さくひん》がありましたら、ぜひ、手にとってごらんください。

最後《さいご》になりましたが、濱野恵理子《はまのえりこ》さんをはじめ、徳間書店児童書編集部《とくましょてんじどうしょへんしゅうぶ》のみなさまには、たいへんお世話《せわ》になりました。この場《ば》をかりて、お礼《れい》を申《もう》し上《あ》げます。

二〇一七年三月

三原泉《みはらいずみ》

【訳者】
三原 泉（みはら いずみ）
1963年宮崎県に生まれる。東京大学文学部卒業。訳書に『マドレーヌは小さな名コック』、『あらいぐまのヨッチー』、「教会ねずみとのんきなねこ」シリーズ（いずれも徳間書店）、『手と手をつないで』、『クリスマスイヴの木』（ＢＬ出版）、『こちょこちょがいっぱい』（ほるぷ出版）、『さかさんぼの日』（偕成社）ほか多数。

【アルバートさんと 赤ちゃんアザラシ】
Mister Cleghorn's Seal
ジュディス・カー 作・絵
三原 泉訳 Translation © 2017 Izumi Mihara
144p、22cm NDC933

アルバートさんと 赤ちゃんアザラシ
2017年5月31日 初版発行

訳者：三原 泉
装丁：百足屋ユウコ（ムシカゴグラフィクス）
フォーマット：前田浩志・横濱順美

発行人：平野健一
発行所：株式会社 徳間書店
〒105-8055 東京都港区芝大門2-2-1
Tel.(03)5403-4347(児童書編集) (048)451-5960(販売) 振替 00140-0-44392番
印刷：日経印刷株式会社
製本：大口製本印刷株式会社
Published by TOKUMA SHOTEN PUBLISHING CO., LTD., Tokyo, Japan. Printed in Japan.

徳間書店の子どもの本のホームページ http://www.tokuma.jp/kodomonohon/

ISBN978-4-19-864409-3